andri carvão

é poeta, artista plástico e carnavalesco. Autor de *Um sol para cada montanha, Poemas do golpe, Dança do fogo, dança da chuva*, entre outros. Publica poemas quinzenalmente às terças-feiras no site O Partisano, bem como a coluna "Traça de Livro: impressões de leitura" na revista Ruído Manifesto, além de apresentar o canal do YouTube "Poesia Nunca Mais".

O MUNDO GIRA ATÉ FICAR JIRAIYA

andri carvão

editora Urutau
primeira edição
2022

O —

editora Urutau

avenida peirao besada, 6 – 2D
36163 poio-pontevedra
(espanha)

rua cajus, 478
jardim das cerejeiras, cotia — sp
brasil
06724-015

[+55] 11 94859 2426 [brasil]
[+34] 644 951 354 [galiza]

www.editoraurutau.com.br
contato@editoraurutau.com.br

[EDITORA]
debora ribeiro rendelli
[REVISÃO]
juliana palermo
[PROJETO GRÁFICO]
wladimir vaz
[COORDENAÇÃO GRÁFICA]
tiago fabris rendelli
[DIAGRAMAÇÃO]
victor h. azevedo
[CAPA]
victor h. azevedo, sobre gravura de josé guadalupe posada

dados internacionais de catalogação na publicação (CIP) de acordo com ISBD

carvão, andri
C331m o mundo gira até ficar jiraya / andri carvão. — cotia : urutau, 2022. 104 p. ; 14cm x 19,5cm.

ISBN 978-65-5900-283-2

1. literatura brasileira. 2. poesia. I. título.

CDD 869.1
2022-1681 CDU 821.134.3(81)-1

elaborado por odilio hilario moreira junior - CRB-8/9949

sumário

O MUNDO GIRA ATÉ FICAR JIRAIYA

[9] açaí na tigela
[10] apreço de banana
[12] atari
[14] a saga de um dito dito
[18] banco ônibus mercado
[21] baque bakhtiniano
[22] barbie fascistinha
[26] bexiga
[29] boeda gum dariz endubido
[31] cacos do caos
[33] cadeira de balanço
[34] chá
[35] da água pro vinho
[36] da pá virada
[37] dona maria paridêra e seu zé das côve
[41] édens
[42] fazendo a revolução
[45] fogo na bomba
[46] hoje eu quero é encher a cara
[48] homeros
[51] jiraiya
[53] meu uber chegou
[54] mó treta
[55] ni fu ni fa
[59] o fiote de sapainho

[62] oquei!
[63] o 5º beatle
[64] onomatopeico
[67] palma pra loco
[69] palmas
[70] poliamor
[71] pombxs
[74] sangue de boi
[76] silogismo
[77] tampinha zero
[78] tatibitate
[79] teoria dos piercings
[81] troféu joinha
[82] validade vencida
[83] vida loka

CLUBE DE POESIA DA 5ª SÉRIE

[89] quem sou eu
[90] traquinage
[91] crush em personage de desenho animado
[92] meus fã
[93] filme de terror
[94] meu bixim de estimação
[95] meu primeiro beijo
[96] meu dia no zológico
[97] mostra o seu que eu mostro o meu
[98] brincadeira de rua
[99] quando eu crescer
[100] meu ídalo da infança
[101] fumando escondido
[102] te pego na saída

*

* *

O MUNDO GIRA ATÉ FICAR JIRAIYA

açaí na tigela

A primeira vez que comi açaí
achei com gosto de terra.
Eu nunca comi terra na vida,
mas achei que tinha gosto de terra.
Também nunca coloquei um cabo de guarda-chuva na boca,
mas já senti gosto de cabo de guarda-chuva.
Acho que fui minhoca ou tatu
em outra encarnação.

apreço de banana

No meio da mata a banana abunda
Na mata na selva na floresta profunda
Na horta da granja a banana abunda
Na roça a enxada arrocha o cacunda

Banana nana
Banana na
Banana ba
Badá badá

No fundo do quintal abunda o bananal
Abunda a banana também no curral
Abunda a banana por todo o arrabal
Abunda a banana do capiau na capital

Banana pra coiê
Pra fazê
Pra cumê
Banana pra você

Na beira da estrada abunda a banana
No sítio na chácara na fazenda bacana
Plantando bananeira rural na zona urbana
Bananada cuca vitamina de banana

No Brasil banana abunda
Ô, banana em penca, não se perca
Banana no Brasil abunda
Dá mais que chuchu na cerca

atari

De pé
de carona na Monark
segurando nos ombros do Lu ou do Gazu
superseguro
num rolê pelo bairro e pela vizinhança
enchemos um saco
com duzentos cartuchos de jogos emprestados.

Minha mãe assistindo à Hebe,
a abertura do programa mais dez minutos e já era no sofá
— apagou com a tevê ligada.

Abro a porteira da goma
e a turma   a horda   a gangue toda
de moleques da rua
invade nas pontas dos pés
e ocupa o chão da sala. Com a tevê no volume mínimo
começamos o campeonato de   Atari
sem um
pio.

Uma dúzia de tarados revezando nos controles, nos consoles:
Pac Man [ou Come Come].

Enduro. River Raid. Seaquest.
Frost Bite [ou Gelinho]. *Pitfall.*
Freeway [ou Galinha Atravessando a Rua].
[a punheta do] *Decatlon. H.E.R.O.*
Demon Attack. Frogger [ou Sapinho].
Megamania. Moon Patrol. Space Invaders.
Keistone Kapers [ou Ladrãozinho no Supermercado].

A dona da pensão acorda altas horas,
meia-noite e meia passada,
e dispersa a molecada
como uma loba num galinheiro.

Dia seguinte
os donos vêm reaver seus cartuchos. Mas
mesmo depois de entregar todos
[o saco vazio]
não param de aparecer mais moleques na porta de casa.
cartucho pra tanto tonto.
Faltou cartucho pra tanto trouxa.

a saga de um dito dito

Não sou do agreste
Nem do Nordeste
Mas sou cabra da peste
Da zona leste

De Sampa
Cidade cinza
De estampa
Ranzinza

Cidade brutal
Do Brasil profundo
A mais desigual
Do mundo

Nasci no interior
Pras banda de Rio Preto
Minha alma é interior
Do jeito de gente do gueto

Morei em Taubaté
Passei a infância lá
Vivi três anos até
Mudar de vez pra cá

Meu bisavô Dito é
Benedito Ditinho
Veio de lá a pé
Somente só e sozinho

Reza a lenda da família
Que veio da Bahia a pé
Sua sina traçou a trilha
Que seguimos até

Na boleia ou a pé
De carona e a pé
O que importa é
Que eu boto fé

Ô cruz que eu carrego
Maldita hora
À cata de emprego
Fugindo da Dora

Licença poética à parte
Licença minha
Um flerte era Inez Malasarte
E outra sina Teresinha

O Dito pelo não dito
Trocou todas por Doca
Madrinha e Padrinho Dito
Em Rio Preto armaram a toca

Homi é tudo nó cego
Mulé tudo deferente
Pra alimentar seu ego
De meninohomi e gente

Pra não ficar pagã
Batizou por sua vez
A neta Teresinha e tcharã
A sua filha de Inez

E no tangolomango
Uns vai outros fica
Antes miserave de rango
Agora pobre sem larica

E todo ano que a gente ia
Visitar o Padrinho em Rio Preto
Ele repetia e repetia
O mesmo refrão desse jeito

"Tale veiz tale veiz
Essa seja última veiz"

Falava e tremia a mão
E antes dele foi meu irmão
Mais novo e o outro irmão
20 anos ouvi esse refrão

"Tale veiz tale veiz
Essa seja última veiz"

Até que um dia aos 96
Foi-se o homem ficou o mito
"Tale veiz tale veiz"
Padrinho Benedito

Da última vez se foi de vez
A bênça, padrinho Dito

Não sou do agreste
Nem do Nordeste
Mas sou cabra da peste
Da zona leste

banco ônibus mercado

Banco Beckett

Na saída do trampo dou um pulo no banco pra pagar umas contas vencidas na boca do caixa. Sento na sala de espera e aguardo minha vez com a cara enfiada num livro. O sinal da senha eletrônica desvia a minha atenção da história automaticamente. De dois em dois minutos o sinal da senha eletrônica — *tlirón!* — tira a minha concentração da leitura. As imagens deixam de se formar na minha imaginação, e só vejo palavras. Num relance, num menear da cabeça, em quem meus olhos caem — e o meu queixo também — no caixa eletrônico pedindo ajuda pra garota terceirizada de camiseta POSSO AJUDAR? Ele mesmo! É ele: senhor Beckett em pessoa, em carne, osso e pescoço; a carona comprida e os olhos tão claros, mareados e absurdos que chegam a ser enevoados. O senhor Beckett saca uma nota preta, dobra o maço e enfia no bolso da frente da calça. Penso em ir atrás dele, mas logo desaparece pela porta giratória enquanto o sinal da senha eletrônica anuncia a vez de quem estava esperando Godot.

Ônibus Miller

Deixo o banco tomando o maior cuidado com a minha carteira, morrendo de medo de ladrão. Então rio da situação porque tinha acabado de ser assaltado na agência com juros e correção monetária. Depois de pouco mais de meia hora de espera no ponto sem cobertura debaixo de uma garoa à toa, meu ônibus chega normal, lotado como sempre. Fico no primeiro degrau da escada espremido entre umas caixas de feira, um perfume adocicado, um talco, um sovaco e a porta automática. No ponto seguinte alguém dá o sinal, e eu me seguro como posso pra não cair, pois o motorista abre a porta com o ônibus em movimento. Para que o senhor possa embarcar, meia dúzia de peão tem de descer do ônibus pra dar passagem. Quem é? Quem é? Quem é? É ele! Só pode ser ele: senhor Miller em pessoa, em carne, osso e pescoço; dono e proprietário de uma calva lustrosa de respeito como um caralho louco. Como um jovem folgadão finge dormir esparramado no banco amarelo reservado, o senhor Miller viaja em pé.

Mercado Hesse

Passo o bilhete único de mão em mão até chegar para o cobrador que debita minha passagem e gira a catraca para eu descer pela porta dianteira. Antes de chegar em casa, me lembro de que preciso passar no mercado para comprar uma listinha de mantimentos que minha companheira me avisou por mensagem que estavam faltando em casa. Coisa pouca, meia dúzia de coisas. Como é um produto de cada corredor do mercado, rodo que nem barata tonta, passando várias vezes no mesmo lugar. Na fila do caixa, atrás de uma meia dúzia de pessoas armadas com seus carrinhos e cestas de compras, quem eu vejo passando a compra na fila do caixa especial? Não é possível, mas é ele mesmo! Sim, é ele: o senhor Hesse em pessoa, em carne, osso e pescoço; na estica como um segurança de loja ou um pastor de igreja pentecostal e carinha marota de lobo da estepe pronto pra procurar os óculos na bolsa pra poder enxergar os números e digitar a senha catando milho na maquininha. O senhor Hesse é de uma paciência que a fila e a moça do caixa não têm. Só pode ser um sinal.

baque bakhtiniano

Como o dito se relaciona com o não dito
Como o bendito se relaciona com o maldito
Como o maldito se relaciona com o Dito Cujo
Bakhtin
Nem pense
Sai de mim
Sai desse corpo que ele não te pertence

barbie fascistinha

Barbie no outdoor
Barbie diet-coke
Barbie no Carrefour
Barbie baby-look
Barbie hippie
Barbie punk
Barbie vamp
Barbie vip
Barbie junky
Barbie robô bip-bip

Barbie banho de sol
Barbie poodle
Barbie baby-doll
Barbie sex-symbol
Barbie Madonna
Barbie hit
Barbie kitsch
Barbie cafona
Barbie flit
Barbie son of a bitch

Oh shit shit oh shit

BARBIE
Estrela de primeira grandeza em Hollywood
Pisou na calçada da fama e dispensou um grude
— Quem é Ken?

Barbie de Ferrari
Barbie ao celular
Barbie rastafári
Barbie superstar
Barbie chic
Barbie aplique
Barbie youtuber
Barbie freak
Barbie poser
Barbie rainha clubber

Barbie de biquíni
Barbie stress
Barbie na vitrine
Barbie topless
Barbie Babel
Barbie pop
Barbie pin up
Barbie Nobel
Barbie self top
Barbie não cai do céu

Oh well well oh well

BARBIE

Chegou com chofer num inferninho toda de pink
Sentou cruzou as pernas e agradeceu pelo drink
— Quem é Ken?

Barbie overdose
Barbie de porre
Barbie num close
Barbie é um porre
Barbie fashion
Barbie flash
Barbie trash
Barbie neon
Barbie sexy
Barbie botox e batom

Barbie com beck
Barbie paperview
Barbie sem breque
Barbie descobriu *Brazil*
Barbie MTV
Barbie Netflix
Barbie bibi
Barbie geeks
Barbie dominatrix
Barbie Barbie e Zé fini

Oh oui oui oh oui

Barbie barbitúricos
Barbie bárbara
Barbie barbárie
Babe baby
Bi-bi
Trêbada trepada
Lambrecada de barbecue
Barbie vai ter um bebê
Diretamente da Zona Franca do Paraguay
Para a privada da quitinete do papai

Mamãe serial-killer
Papai drag-queen

Barbie deu um pau na Suzy de robe
Não aceita dividir nem o Ken nem o Bob
Barbie deu uma surra na Suzy sem
Não aceita dividir nem o Bob nem o Ken

Nunca aceita dividir nada com ninguém
Com seu ninguém

bexiga

Eu, que não sonho com nada, tive um sonho gozado essa noite. Eu estava no rol de um andar de um edifício, encostado no parapeito, vendendo bexiga. Isso mesmo. Eu estava vendendo bexiga, pelo menos deu a entender que era isso o que eu estava fazendo lá. Não que eu ache nada de mais em vender bexiga. Longe de mim pensar isso. Esses sonhos são meio malucos, e prefiro acreditar que na maioria das vezes não fazem o menor sentido, mesmo. O importante era que eu estava lá de boas vendendo bexiga sem fazer mal nenhum a ninguém. Ao meu redor tinha uma pá de gente, pareciam ser todos meus amigos ou conhecidos. Não reconheci ninguém. Mas pelo menos me deixaram ali vendendo bexiga. Daí surgiu um sujeito empurrando uma Honda, uma moto Honda. O que faz uma moto Honda num andar de um prédio? Não devia ter ficado no estacionamento subterrâneo ou no primeiro andar? Enfim, creio que os sonhos sejam meio surreais, mesmo. Daí o cara empurrando a Honda resolveu estacionar a moto onde? Bem na minha frente! O rol era grande. Compreende? O detalhe era que a moto estava enfeitada com bexigas brancas, parecia uma flor, com o quíntuplo de bexigas que eu tinha na mão. O cidadão abaixou o pezinho da Honda e estacionou bem na minha frente. Eu já disse isso, mas vale repetir só para frisar. No que a moto parou inclinada, o motor ainda quente estourou uma das minhas bexigas.

"*Ô, cara, você tá louco? Não tá me vendo aqui, não? Por acaso eu sou invisível?*", esse era eu, brabo que nem uma preá prenha de nove meses.

O homem se afastou e começou a gesticular dizendo coisas que eu não conseguia entender para as outras pessoas que estavam ali.

"*Ô, cara, o assunto não é comigo? O que você tem que ficar causando aí?*"

O dono da moto veio juntando as mãos todo humilde. Só não fiquei com dó dele porque a minha vontade era arremessar ele e a Honda dele lá embaixo.

"*Ô, meu amigo...*"

"*Ele me chamou de amigo*", eu debochava repetindo o que ele dizia, direcionando-me para as outras pessoas.

"*...não foi a minha intenção...*"

"*Ele não teve intenção.*"

"*...acontece que eu não te vi aí...*"

"*Ele não me viu aqui.*"

"*...por favor, você me desculpa...*"

"*Desculpo, claro que desculpo, se você tirar essa moto enfeitada de bexiga daqui e sumir da minha frente.*"

O normal seria a chapa ficar quente, mas, como era sonho, o homem levantou o pezinho da moto e foi empurrando no sentido saída (?) do edifício. Cabeça baixa e tal, todo humilde, quase fiquei com dó dele. Então, devido à vagarosidade dele na cena toda eu falei:

"*Ô, meu amigo*", chamei o sujeito de 'amigo'. "*Espero que você–*"

Não. Eu usei a palavra "desejo".

"*Desejo que você consiga vender todas as suas bexigas. Vai na paz.*"

O sonho acabou assim. Achei esse final bem verossímil. Muito eu. Quando eu entro numa embrulhada e perco as estribeiras com uma pessoa, assim que a situação se resolve de forma positiva pro meu lado, fico todo bonzinho.

boeda gum dariz endubido

À memória do amigo editor da revista Gueto
Rodrigo Novaes de Almeida
porque ele disse que gostava muito deste poema.

U beu dariz esbirrou e voi
Ranho ba dudo gue é lado
U beu dariz esbirrou e voi
Esdrondoso ba garaio
U beu dariz esbirrou e voi
Uba laba bulgâniga zó
Um jado dal bus e zuor

U beu dariz esgorrendo
Bingou no gavé da banhã
U beu dariz esgorrendo
Bingou no jhá da darde
U beu dariz esgorrendo
Bingou na binha gobida
E desdemberou binha bida

U beu dariz endubido
Gomo bia ou baso zanidário
U beu dariz endubido
E os olhos lagribejando
U beu dariz endubido
E uba boleza no gorbo
Boribundo é beio bordo

Esbirro em gis
Ai o beu dariz
Eu zou veliz
Bor um driz
Be diga be diz
U gue gue eu viz
Eu bereço blease
U bal bela raiz
Arranga beu dariz
Zeu desinveliz

Um rolo de babel no vim
Um rolo de babel usado
Um rolo de babel no zesdo
Um rolo de babel esgrebinhado

cacos do caos

Junta os cacos do caos do chão
E soca no saco do cão
E soca no saco do são
E soca no saco de pão
E soca no saco de pão de sal
E soca no saco do pão francês
E soca no saco cara de pau
E soca no saco do freguês
Junta os cacos do caos do chão
Eu tenho toque me dá comichão

Junta os cacos do caos do chão
E casa com a saca de feijão
E casa com a saca de agrião
E casa com a saca de ração
E casa com a saca sem razão
E casa com a saca de ratazanas
E casa com a saca da desrazão
E casa com a saca de zarabatanas
Junta os cacos do caos do chão
Eu tenho toque me dá comichão

Junta os cacos do caos do chão
E saca da casa do amigo
E saca da casa do abrigo
E saca da casa do mendigo
E saca da casa do homem digno
E saca da casa do homem de bem
E saca da casa do seu signo
E saca da casa do homem
Junta os cacos do caos do chão
Eu tenho toque me dá comichão

cadeira de balanço

Tem gente que tem medo de palhaço.
E isso eu acho incompreensível.
Tem gente que tem medo de boneca.
E isso eu acho o cúmulo do absurdo.

Confesso:

Eu tenho medo de cadeira de balanço.
Antes tinha medo de que ela balançasse sozinha à noite.
Agora tenho medo de que ela saia correndo atrás de mim.

chá

Chá de cadeira
Chá de canseira
Chá de cogumelo
Chá de lírio
Belo
Delírio
Deixa disso
Chá de sumiço

da água pro vinho

Tem gente que é 8 ou 80
Ou é bandido ou evangélico
Ou é drogado ou evangélico
Ou é bicha ou evangélico
Tem gente que é 8 ou 80
Ou é puta ou evangélica
Ou é adúltera ou evangélica
Ou é vagabunda ou evangélica
Tem gente que é 8 ou 80
Ou é santo ou se faz

da pá virada

Dá pa dá a pá
Queu vô cavá
Dá pa dá a pá
Queu quero é cavucá
Funiculifuniculá
Ni fu ni fa

Peucabá peucabá
Peucabá

Dá pa dá a pá
Ou tá difiçu
Passela pa cá
Peucabá quece silviçu
Vucovuco lá
Ni fu ni fa

Peucabá logu
Cum iço

dona maria paridêra e seu zé das côve

Vizinha da frente
Sem um dente
Na frente avera
Maria Paridêra
Dá no mato
Bem gostoso
E seu esposo
"*Vem queu te cato*"

E dessa manêra
Maria Paridêra
Fez a escadinha
Desce a lenha
"*Venha*"
Dessa linha
Nessa linhagem
Do amor à sacanagem

Maria Paridêra
Vida intêra
Mulé
Do seu Zé
O homi das côve

"*Me ove*"
Estaciona a carriola
E tira a bitola

"*Larga mão*
Seu Zé
Parece Mané
Então
Bora po mato
Vixe ave
Fazê de quato
Preciano as árve"

Estala o dedo
"*Que medo*"
E toca Maria
No fim do dia
Fazê um fio
Mesmo no frio
Com seu Zé
"*Então né*"

Seu Zé das Côve
Se comove
Cabra arretado
Coitado
No jogo
Não nega fogo
Pau pa toda obra
O homi é uma cobra

Bate nas calça
Pá tirá a puera
A vida num é valsa
É catinguêra
Estaciona o carrinho
E toca po ninho
Com dona patroa
"*Ê vida boa*"

Passarada
Em revoada
Bicharada
Em disparada
Sexo animal
Amor natural
Fazê fiarada
No mei do matagal

E nessa moda toda
Nessa toada
De foda em foda
Uma ninhada
Maria Paridêra
E Seu Zé das Côve
Numa paridêra
Comendo côve

Parido o Décimo
Fizero o Ônzimo
Não mango

De Maria Paridêra
No tangolomango
Dessa escadinha
Deus apadrinha
A famía intêra

édens

Adão do barro
Eva da costela
Do barro

Eva e Adão
Adão e a maçã
Eva e a cobra

Tarzan e Jane
O grito e a corda
Chita dá corda pro King Kong
Fazendo macaquices
Fazendo macaquinhos

Perdidos
No Paraíso
No Paraíso
Perdido

fazendo a revolução

A hippie chic de butique
De echarpe é um charme
O punk vip mó badtrip
De Harley brisado na vibe

A hippie é tão viajada
E o punk um viajandão
Ela fez pós na Dinamarca
E ele é filho do patrão

Vou fugir pra Marte
Parto pra toda parte
Vou vender minhas arte
E vou comprar um apart

Vida toda na particular
Até o ingresso na faculdade
Então prestaram vestibular
Ativistas na atividade

Lideranças do Grêmio
Carreira política na facul

Edital concurso prêmio
Ô resistência pau no cu

Tintim entre uns drinks
Um beck não brinques
Um brinde nos trinques
Beatles ou Kinks

Chico é que é chique
Tom Tom Zé Caymmi Caê
Pimentinha Bituca Ritchie
Odair José eu e você

Um mix de Nietzsche
Marx Darwin Hesse dervixe
Brecht Geração Beat
Freud Foucault vixe vixe vixe

Platão Sartre Deleuze
Davis Weill Beauvoir
Regado a vinho rosé
O amor está noir

Fazendo a revolução
Na breja da mesa de bar
Fazendo a revolução
Num boteco da Vila Madá

Dando um plá
E blá blá blá

Num bar lá
Da Vila Madá

E Patati Patatá

fogo na bomba

O papel bíblia era uma seda.
Arrancou uma página do Novo Testamento, enrolou,
umedeceu os lábios,
lacrou,
acendeu
e viu Jesus.

hoje eu quero é encher a cara

Hoje eu quero é encher a cara
Encher a sua cara de bolacha
Essa sua lua cheia nua e rosada
Até a alta noite clarear
Hoje eu quero é encher a cara
De picos chapadas
Cascavéis e cascatas
Hoje eu quero é encher a cara
Da dor dessa delícia
Que se chama e tem a chama
Da poesia
Essa alegria triste
Hoje eu quero é encher a cara
E dançar a dança da chuva
Até tocar a lua
E cantar desafinado e de improviso
Sapateando sobre o meu cadáver sujo
Hoje eu quero é encher a cara
Mas vamo conversar direito
Hoje eu tô com tudo
E não tô prosa
Tudo junto e menstruado
Deixa eu falar

Deixa eu deixa eu
Arre você que tá bem loko
Iiiiihhhh
Puta que o pariu caraio vai si fudê porra
Tomá no cu
Hoje eu quero é encher a cara

homeros

Ué, o maior poeta de todos os tempos
pensei que fosse Virgílio...
Homero é fake.
Passou de boca em boca e de mão em mão.
É quase um *As mil e uma noites*
[só que com assinatura],
fruto da cultura oral de um povo
modificado por poetas e aedos
ao longo do tempo
até que fosse compilado por mãos e demãos
e desse forma aos 24 cantos
da *Odisseia* e da *Ilíada* — e toma textão!

Seria Homero cego?
Seria Homero Homeros?
Seria Shakespeare Francis Bacon?
Seria Shakespeare cinco mulheres?

Quem matou Pixote?
Quem matou Odete Roitman?
Quem mandou matar Marielle?
Quem matou John Lennon foi o quinto Beatle.

António Lobo Antunes é o anti-Saramago
e não vai ganhar o Nobel
justamente porque é um crime
ser melhor do que Saramago.

Quem pintou a Capela Sistina foi Deus.

Deus não existe.
Nietzsche está morto.
O sonho acabou.
Elvis não morreu.
..., Beyoncé, Rihanna, Lady Gaga, Anitta, ...
Maaano do céééu! Madonna deu cria!

Sartre recusou o Nobel por questão ideológica.
"*O Nobel é pequeno demais para mim.*"
Depois se arrependeu por questão financeira.
Pasternak foi obrigado pelo governo soviético
a recusar o Nobel.
Knut Hansum ficou tão atordoado com a honraria
que entregou o cheque ao porteiro.
"*É uma velha tradição nórdica não me dar o Nobel.*"
J. L. Borges

Fernando Pessoa só não é considerado
o maior poeta do século XX
porque escreveu em português.

Enfim, enfia o galardão no *cool*!
O legal é ser maldito,

o legal é ser marginal,
o legal é ser anti-herói,
legal e letal.

A gente tem *A mulher do fim do mundo,*
Deus é mulher — ELZA SOARES, PÔURRA!
Será que você não vê, Brasil colônia?!

[Caçando Pokémon no noticiário
encontrei um presidente retardado.]

jiraiya

A água no sentido horário
Gira no hemisfério sul
No sentido anti-horário
Ela gira no polo do iglu

Ao redor da orelha gira
O dedo indicador
A cabeça da coruja gira
Gira o ventilador

O mundo gira até ficar jiraiya
O mundo gira pa ficar jiraiya

O mundo gira a roda gira
Gira o pneu gira o pião
Tudo gira e o tempo vira
Atrás do rabo gira o cão

Na fechadura a chave gira
E para o parafuso pira
A criança no gira-gira
E com pipoca até a pomba gira

O mundo gira até ficar jiraiya
O mundo gira pa ficar jiraiya

Da minha casa até a sua
É a mesma distância
Deu piripaque no meio da rua
É só chamar a ambulância

Daqui até a sua casa
Boteco e igreja pa carai
Desculpa pa quem se atrasa
É mió que o vai num vai

O mundo gira até ficar jiraiya
O mundo gira pa ficar jiraiya

meu uber chegou

Fim de festa,
calçadas cheias.
[Cada qual com seu celular.]
Trânsito de carros,
de pessoas,
de mensagens em ondas invisíveis
no *app* do *uber.*
Meu drone chegou.

mó treta

Cê é muleque, mano? Cê é muleque?
Então vamo vê!
Se cê é muleque, se cê é muleque
Sô deiz veiz mais muleque que você!

Num vem que num tem! Se liga, hein?
O bicho vai pegar po seu lado.
Tô nem aí
Se a lua é faca e o sol é quadrado.

Ô, sangue bão
Tô cum sangue no zóio!
Se liga, mermão!
Quem vai pela cabeça duzoto é pioio!

Pivete, pivete!
Nunca vi seu nome em figurinha de chiclete!

ni fu ni fa

Uno.

Yo voy a las Casas Bahia con mi mujer y las niñas
Comprar un guarda-ropa
Porque el nuestro está escangallado
El vendedor eres mucho atencioso
Y rápido como una bala
Ahora es solamente aguardar el montador
En el día marcado llega el montador
Ello fica nervioso pues según su persona
No deberían ternos vendido el guarda-ropa
Ya que según el montador eso móvil és mas grande que el
[apartamiento
Basta una distracción y ello al abrir la caxa con estilete
Risca una de las pesas
Tengo certeza que fui ello
Tengo certeza no soy loco
Tengo certeza que si
Después nosotros matamos un cabrón dese y nosotros somos
[asesinos
Hace esto solamente para no montar el guarda-ropa el hijo de
[la putana
En fin
La pesa dañificada solamente después de quince días

Aunque la bagunça del antiguo guarda-ropa desmontado jase
[espallada por el sofá caderas meza
Por toda la casa
"Dedicación total a usted" el carajo
Hijo del una figa

Dos.
Fue cerca de un mes hasta resolver la pendenga
Como estábamos sustituyendo los móviles de la casa pues estos
[eran de cuando casémonos
Desea vez fuimos a la Marabraz comprar el armario de cocina
Fechamos negocio con el vendero y ya con lo pie por la tras y
[también con la pulga por detrás de la oreja
Entonces mi compañera por teléfono en mi trabajo dice que
[había un engaño con la compra
Salió del trabajo hasta lo estabelecimiento comercial Marabraz
Con ganas de cancelar la compra
El vendero explicó que no había cobrado una de las cuatro pesas
Entonces yo fue a la desforra
"Ni fu ni fa, compañero! Cuando algo comisca enrollado es mejor
[lo cancelamiento de la compra. No voy pagar, pasar lo cartón
[de nuevo por un error tuyo."
"No, señor. Calma! Voy llamar la gerenta"
"Por mi podes llamar hasta lo Papa."
Irreductible adelante del charme de la gerenta muy guapa, yo
[batió el pie
"Ustedes hicieron me vir acá, entonces quiero el cancelamiento
[de mi compra."

"Señor, solamente peso que troque eso documento de la compra.
[No va pagar mas nada. Arcamos con nuestro error. Puede ficar
[con la pesa sobresaliente."
"Bueno! Mas no voy enfrentar fila ninguna para eso."
En fin.
Pasó me adelante de toda la fila y ganamos una pesa del armario
[de cocina de brinde.
"Lojas Marabraz: precio mas pequeño ninguno hace"

Trez.
Una vez compré un DVD través de la interneta
En el sitio de las Lojas Americanas
El DVD Alien – El Resgate
Lo único que faltaba para mi colección
Una semana
Quince días
Un mes
Y nada
Reclamé por teléfono después de media hora aguardando con
[musiquita
Una semana
Quince días
Ligué mas una vez
Poxa vida
Chato
Chato
Chato cobrar por un producto que costó solamente dezenuove
[y novienta
Mas yo quería el cine y pagué con mi dinero
"Lojas Americanas – ni fu ni fa para usted"

Cuatro.

Cómo las mujeres son siempre mas inteligentes que los hombres
Mi compañera, madre de las chicas todo acá de nuestra casa
Cuando recibió los lencitos humedecidos secos e la caxa de
[chocolates con bombones resecados
De pronto hice una puta reclamación en el SAC de la
[Johnson & Johnson y de la Garoto
Hice una puta reclamación por teléfono y por el sitio de las
[empresas
Y tiene mas
Escribió testón en el Facebook
Resultado
Recibió los lencitos humedecidos con carta de perdón y otra
[caxa de chocolates
Va mecer con geminiana va
"La vida bien cercana"
"Solamente el cacau explica"

o fiote de sapainho

O fiote de sapainho caiu no quintal.
Seu corpinho ainda sem penas e de olhinhos saltados
provavelmente se desprendeu das garras de uma águia ou gavião.

O fiote de sapainho se espatifou no chão,
na rampa da garagem.
Seus olhos esbugalholhos esbugalhados
desse tamainhão.

O fiote de sapainho não chegou a criar asas,
não aprendeu a voar
e por isso se esborrachou.
O fiote de sapainho nem bem se cobriu com uma bela plumagem
ou brindou o ar com o seu canto
e se estabacou.
O fiote de sapainho virou uma gosma nojenta.

O homi subiu o portão com a ajuda de um ferro.
A mulé precisava ir ao supermercado.
A mulé foi dá a ré pra tirar o carro da garagem
e passou com o pneu por cima do corpinho do fiote de sapainho,
porque estava no meio do caminho
e fora do campo de visão do seu retrovisor.

O homi viu a cena e ficou de contar.
A mulé voltou do supermercado
e passou por cima de novo.
O homi viu a cena e se esqueceu de contar.

O homi subiu o portão usando o mesmo pedaço de ferro.
A mulé queria ir ao shopping.
A mulé foi dá a ré pra tirar o carro da garagem
e passou com o mesmo pneu de novo
por cima do corpinho do fiote de sapainho outra vez,
porque afinal de contas ele estava no meio do caminho, oras bolas,
e fora do campo de visão do seu retrovisor (dela).
O homi reviu a cena e deixou pra lá.
A mulé voltou do shopping cheia de sacolas
e passou por cima outra vez.
O homi finalmente contou pra mulé
e apontou para o resultado no chão.
A mulé fez cara de filme de terror.

As formigas deram cria em cima do fiote de sapainho.
Como ele estava bem no meio do caminho
foi alvo do pneu do carro uma série de vezes,
diversas vezes.

Fez sol, choveu e o tempo passou.

Parece que o fiote de sapainho nasceu com a pleura descoberta
e virada pra lua.

Primavera, verão, outono — Inferno!
O fiote de sapainho não chegou a virar sapainho, não.
O fiote de sapainho virou uma gosma nojenta,
virou um tapetinho e depois virou chão.

oquei!

E tá errado?
Errado num tá
O sol quadrado
Do lado de lá

E tá errado?
Errado num tá
Todo cuidado
Bebê e babá

E tá errado?
Errado num tá
Tô meio tarado
Ô, nega, vem cá

E tá errado?
Errado num tá
Todo lambrecado
Jaca caju cajá

E tá errado?
Errado num tá
País golpeado
Diretas já

o 5º beatle

O quinto Beatle é a Yoko
Nananinanão
O quinto Beatle é um pouco
Em cada canção
O quinto Beatle é um guru é um xamã
Nananinanã
O quinto Beatle é um fã
Tantã tantã
O quinto Beatle é Mark Chapman

onomatopeico

1.
Quica a pedrinha na água da represa
Que nem bolinha de pingue-pongue na mesa

Quica duas vezes quatro cinco seis vezes
A pedrinha é uma terapia para os trezes

Não pode ser qualquer pedrinha arredondada
Não vale de nada cascalho leve pra pedrada

A pedra tem que ter um toque todo especial
Chanfrada e de aerodinâmica espacial

Slap Tum Tum Tum
Splash tchibum

O lançador também não pode ficar atrás
Experiente focado objetivo e tudo mais

Só assim a pedrinha desenha um belo arco
Seguido de outros e flutua como um barco

Peso pluma peso pena a minha pedrinha
Entra na linha e singra a sina sozinha

Quica a pedrinha na água da represa
Que nem bolinha de pingue-pongue na mesa

  Slap Tum Tum Tum
  Splash tchibum

2.
Tum tum
Tum tum
No meu coração tambor baticum

Trim trim
Trim trim
Tem um telefone dentro de mim

Tchibum
Tchibum
Tobogã toboágua só de bumbum

Tintim
Tintim
Um brinde procê um drink pra mim

3.
O miau atrás do piupiu
O auau atrás do miau
E o vrumvrum atropelou o trio

4.
SOCK!
POW!
ZOK!
BATMAN
Estrelando Adam West
BATMAN
E Burt Ward
BATMAN BATMAN BATMAN
POW BIF! BAM SOK! BLAP!
WHAP!
BIFF!
OOOOF!
BATMAN BATMAN BATMAN
TCHANANÃ NANÃ NANÃ
BATMAAAAAN!

palma pra loco

Liga não liga não liga não liga não

Ligar pra quem num liga pra você
Ligar pra quem te faz pouco
Ligar pra quê pra quê
Para de bater palma pra loco

Quem não te dá valor
Valor não tem
Quem não tem valor
Amor
É quem?

Correr atrás de quem tá nem aí
Correr atrás e levar um toco
Correr atrás e daí
Para de bater palma pra loco

Quem não te dá valor
Valor não tem
Quem não tem valor
É dor
De alguém

Babar ovo moscar e encher a bola
Babar litros e tomar no oco
Gastar saliva num cola
Para de bater palma pra loco

Quem não te dá valor
Valor não tem
Quem não tem valor
Quem for
Ninguém

Liga não liga não liga não liga não

Para de bater para de ligar
Para de bater para de correr
Para de bater para de babar
Para de bater palma pra loco

Quem não te dá valor
Valor não tem
Quem não tem valor
Num é flor
Também

Liga não liga não liga não liga não
Para de bater palma pra loco

palmas

De mãos dadas
de mãos abanando
de mãos atadas
palmas para os manetas

poliamor

João amava Teresa que amava Raimundo que amava Maria que
amava João que amava Raimundo que amava Teresa que amava
João que amava Maria que amava Teresa que amava Maria
que amava Raimundo que amava João que amava todo mundo
no mundo mundo vasto mundo onde no fundo no fundo o
principal é amar a si mesmo e a Deus sobre todas as coisas
hahaha

pombxs

Pombo correio.
Pomba da paz.
Os dois formam um casal tão feio
que chega a ser lindo demais.
Pombinhos
bobinhos...

Pombas! (interjeição, meus amores.)
Pombos são ratos voadores.

A pomba transmite doença.
O pombo é uma ofensa.

Bicho de asas
— lixo de asas —
fazendo uma casa
na sua casa,
uma senhora casa
em cima da sua.

A pomba arrulha.
A pomba é uma pulha.
A pomba avoa.

A pomba é à toa.
A pomba só caga.
A pomba é uma praga.
A pomba
é uma bomba.

E CAGA!
Caga branco no carro preto,
caga preto no carro branco.
Caga claro no carro escuro,
caga escuro no carro claro.
No carro barato,
no carro caro.
A pompa é um barato,
meu caro.

E caga e caga e caga e caga...
Cãozinho do vovô gagá.

O velhinho sentado
no banco da praça.
Pro velho aposentado
o banco é de graça.

Rodeado de pombos
ele joga grãos de milho...
Cercado de pombos,
olhos vazios e sem brilho...

Mastigando dentadura
como quem masca chiclé.
Ruminando a vida dura
— se viveu sabe como é.

O pombo na contramão
atropelado
pelo caminhão...
O pombo (rasante sem razão)
eletrocutado
no fio de alta tensão...

Tiro
ao pombo — PÁ!
Um giro
e um tombo — TUM!

Um pombo pra cá...
Um velho pra lá...

O cãozinho do vovô gagá
não é um pum — é um BUM!!!
— Tchibum!

sangue de boi

Uma cobra den da garrafa
Um navio den da garrafa
Uma frô de fromosura engarrafada
Tô bêbo ou tô bem loco
Num é pussívo

Umas moeda den da garrafa
Umas semente den da garrafa
Um gênio da lâmpa engarrafado
Tô bebo ou tô bem loco
Num cridito

Umas pedra den da garrafa
Umas concha den da garrafa
Um peixinho dorado engarrafado
Tô bebo ou tô bem loco
Posso cum isso?

Umas duna den da garrafa
Umas mirage den da garrafa
Uma sereia alada engarrafada

Tô bebo ou tô bem loco
Num pode sê

Num brinca

silogismo

O cão é o melhor amigo do homem.
O cão não gosta do carteiro, logo
o carteiro não é homem.

tampinha zero

Quando que eu era bem piquititinho
[assim desse tamainho]
colecionava minha coleção de tampinhas de galalá.
Tinha uma porção delas.
Na verdade um saco de estopa
cheio até a boca.
Fora a coleção que eu colecionava
das tampinhas de galalá
tinha também uma caixa de sapato
cheia de caixinhas de remédio, caixinhas de fósforo
entre outras caixinhas.
Além da coleção
de tampinhas que eu colecionava
eu também tinha, sim, eu tinha
outro saco de estopa
com os meus potinhos de Yakult, iogurte,
potes de margarina com tampa e sem tampa, potes de sorvete,
[uma pá de pote.
Adorava brincar de parquinho de diversões com eles
porque meus pais não tinham grana pra me levar ao Playcenter
e também porque eu destruía
os poucos brinquedos que eu tinha.

tatibitate

Papá
Mamã
Mamã
Papá
Mamá
Papá
Papá
Mamá
Xixi
Cocô
Cocô
Xixi
De chi-
co

teoria dos piercings

De piercing na língua
Gosta de sexo oral
De piercing no dente
Sexo casual
De piercing no nariz
Idem
De piercing na sobrancelha
Tem dúvida?

Alargador de orelha
É coisa de arrombador de cofre
Suspensão corporal
Em bungee jump

De piercing no umbigo
Prefere sexo anal
De piercing no pau
Sexo animal
De piercing na vulva
Sexo grupal
De piercing nos mamilos
Hetero homo pansexual

De piercing no cérebro
Masturbação mental

O um que pregou
Até ser pregado
Aquela que furou
Para ser furada

Tattoo de pirata
Tattoo de cadeia
Tattoo de surfista
Tattoo de playba
Tattoo indígena
Tattoo de compromisso
Tattoo de henna

A pele em exposição
Lá no Japão

A teoria dos piercings
É furada

troféu joinha

Não ganhei o Jabuti
Muito menos o Nobel
Vou desfilar na Sapucaí
Eu num vou pro céu

Vou vender é Jequiti
Para todo o povaréu
Tô nem aí tô nem aí
Eu num vou pro céu

Vou dançar Piripiri
Na cama de um motel
Vou beber até cair
Eu num vou pro céu

Quem siririca é o siri
Belém Belém no beleléu
Faz isso não, mizinfi
Eu num vou pro céu

validade vencida

Não vale o que come,
não vale o que caga.
E quem não consome
— paga!

vida loka

*

Mano nóis tavo no rolê do pixo
daí us homi colô nóis no muro parça
Us Playmobil traquinado
Encosta encosta mão na cabeça vagabundo
Cê acha parça¿ Nóis tudo trabaiadô
Nus corre do pixo fim de semana
Nóis é tudo vida loka na semana parça
Us maluko tudo trampa de office boy tá ligado
Mais nóis trampa caraio
Daí us Playmobil colô nosso brinco
Só deu tempo de dispensá as latinha no terreno baldio
O que cês jogaro lá¿ É fumo¿
Não sinhô
Tapa na oreia tapa na cara
Us Playmobil é mó cuzão mano
Se garante porque tá cu berro tá ligado?
Porco fardado fidaputa
No rolê do pixo tavo eu o Look Oley Dinho Kpta Rip Bob
Mano o Bob ficô branco
Us coxinha feiz nóis pulá o muro do terreno baldio pra pegá
[as latinha que nóis dispensamo na abordage

Pulô eu e o Rip mano falecido já que Deus o tenha
O terreno era só mato dessa idade mano
O baguio loko pá achá as latinha parça
Achamo tudo mais só pegamo uma pra entregá pros gambé
[porque nóis num é vacilão
Mó breu da noite parça
Matagal sem luz tá ligado¿
Mó adrenalina ali
Pensamo em fugi mais deixá us parça na mão é trairage
Tinha uns pedreguio dessa idade olhei pro Rip
Ele sacô na hora a maldade
Mais us homi ia apagá nóis
Dexa queto
Entregamo a latinha mais vazia já no fim
Us Playmobil mandaro fechá o zóio e tentaro pixá nossa cara
Quem tava com piscante novinho tipo Nike tá ligado¿ Rodô
Coxinha disgraçado mano
Us covarde dero tapa na cara soco na barriga
E chute na bunda
Vaza vaza seus vagabundo
Caminho da roça
Corre corre
Corre
Falaro apontando us berro
Pensei morremo
A alma subiu
Pensei no Oley lá trás porque ele é o mais fofinho da gangue
[tá ligado
Nada véio

O maluko disparado na frente na mó vula
Cê é loko parça

**

Os Porras Sk8 Gang
A rua 1 é mó ladera da quebrada tá ligado
Nóis desce no olie air no olie flip
Slide em pé slide deitado
Pula rampa de compensado
Back side
Capacete joelheira e memo assim volta pra goma muído
Foi lá que tomei um róla quebrei o dente da frente rasguei
[a gengiva no asfalto
Mó merda mano
Foi na rua 1 tamén que tentei dá um slide com o sk8 do Arley
As rodinha do dele era mais emborrachada
O sk8 bateu na guia e eu vuei
Maaaano fui que nem um míssio e me fudi todo três metro
[de altura no terreno baldio
Matagal dessa idade mano
O baguio é loko véio
Dispiroquei em cima de uma pá de caxote de feira quebrado
[com ponta de prego enferrujado e caco de vrido de garrafa
Mais saí ileso véio
Capim na joelheira mais sem um arranhão
Uhuuuuuu
Meu santo é forte maluko

***

Toco Overnight Contramão
Ô bro chega aí mermão
E nóis tá como é nóis na fita mano
Indo pa bagaça nos pano
Assim de gatinha na parada
Cola lá tamojunto camarada
Se tiver sem grana é nói
A gente derruba uns boy

    Puxar carro
    Puxar fumo
    Tirar sarro
    Eu te arrumo

Manja uma pá de marmanjo
Motorizado e papa anjo
Pode crê amizade
É nóix no fervo até o chão
Toco Overnight Contramão
Aí nem é né cumpádi
Se liga na banca da coroa
Bancando o Vida Boa

    Tirar um racha
    Cantar pneu
    Pegar uma racha
    Cê se fudeu

Até que a tia é jeitosa
Dá um caldo essa gostosa
Beber até cair e ser carregado
Ficar bem loco e estragado
Pra que que serve os amigo
Pra dá pipoco nos nosso inimigo
É nóix mermão é nóix ladrão
Toco Overnight Contramão

CLUBE DE POESIA DA 5ª SÉRIE

quem sou eu

Oi
Meu nome se chama Maicon
Sou do 5º ano B
Quando eu crescer eu quero ser poeta
Publicar um livro
Ficar famoso
Encher o cu de dinheiro
Transar até pegar aids
Morrer jovem
E virar santo

Ass: Maicon

traquinage

Minha mãe fala pra num andar com más companhia
Daí os moleque da rua têm tudo istilingue
E tá na época de matar passarinho
Assim que nem tem a época de pipa
A época de rodar pião
Tem a época de matar passarinho
Cada moleque tem que derrubar um no voo
Pousado não vale
Hoje só eu derrubei um
E aqui vai esse poema homenage pra você, meu passarinho lindo

Ass: Maicon

crush em personage de desenho animado

Ah Chetara, Chetara
eu queria entrar pros Thundercats
só pra ficar perto de você
Eu sei que não vou te alcançar
porque você é rápida
e eu tenho asma
Ah Chetara, Chetara
pena que você seja só uma desenha animada
e eu num sou nada

Ass: Maicon

meus fã

Num adianta chorar as pitanga eu sei que é difiçu
O suceço num acontece por acauso
A gente temos talento o que falta é empresário
Mais divagarzinho nóis chega lá
Essa poesia é em homenage a todos meus fã

Wilson Sergio Amanda
Juliet Iara
Alexandre Pedro Fernanda
Carla Lia Laura

Pelo menos cês tem um fã
Eu

Ass: Maicon

filme de terror

Ah, Linda Blair Linda Blair
você vira a cabeça de qualquer um
você avua durmino
desce a escada de quatro invertida
vomita verde e enfia a cruz lá
xixi na cama e pintinho duro
tomá no cu Pazuzu
a brincadeira do copo não funciona
porque nóis é virjão
e o copo não

Ass: Maicon

meu bixim de estimação

Eu tinha um unicórnio chamado Dragão
Mais ele era muito fujão
E um zé ruela cortou o chifre dele
Pra fazer cone de sorvete
O bixim começou a cuspir fogo
E queimou tudo a plantação de erva do meu pai
Ele ficou uma fera e sacrificou meu unicórnio
Chorei muito até ficar doente
Meu pai bonzinho me deu um dragão
E a gente batizamos ele de Unicórnio

Ass: Maicon

meu primeiro beijo

Meu primeiro beijo foi na minha mãe que eu di
Assim que nasci
Nasci careca que nem um pinto molhado
Minha mãe me pegou no colo
Se alembro como se fosse onte
Foi a primeira mulher que eu chupei os peito
A mãe da gente é a primeira pessoa que nóis faiz sexo
Professor Natanael de Ciências que falou

Ass: Maicon

meu dia no zológico

Moro na Vila Albertina perto do lixão
Na casa de pedra bairro perto de Santana
Final de semana quando nóis num vai no Horto Florestal
A gente vamos no Birapuera ou no Zológico
Como esse poema tem que falar do meu dia no Zológico
Última veiz que nóis fomo achamo um ovo gigante na hora do piquenique
Meu pai minha mãe juraro que era ovo de avestruz
Adulto é tudo metido a sabichão
Tava na cara que era ovo de dinossauro
De tiranossauro rex

Ass: Maicon

mostra o seu que eu mostro o meu

Pega pega esconde esconde
Onde ela vai eu vou
Onde eu vou ela vai
Esconde no mesmo lugar
Atrás das bananera da casa abandonada
Eu agacho e ela encaxa na encochada
Dexa eu ver — Para! uzoto vai ver
Depois eu mostro quando anoitecer
Mas só se você mostrar o seu
Mostra o seu que eu mostro o meu

Ass: Maicon

brincadeira de rua

Pega-pega — gosto
Esconde-esconde — gosto
Elefante colorido — se equilibrar no muro
Balança caxão — gosto gosto gosto
Mana mula quem peida pula
Dois não rela quem rela sela
Apertar campainha e sair correndo — gosto
Estourar bombinha no quintal duzoto — gosto
Mas o que eu mais gosto mesmo
É ver voxê danxando Xuxa de xortinho

Ass: Maicon

quando eu crescer

Quando eu crescer eu quero ser um gigante de pedra
e pisar nos prédio, nos carro,
nos viaduto tudo.
Quando eu crescer eu quero ser uma nuvem que chove
pra apagar o fogo da floresta,
uma nuvem que chove pra crescer as planta,
uma nuvem que chove pra alagar as cidade
e causar um dilúvio pra acabar com o serumano destruidor.
Quando eu crescer
eu quero ser uma nuvem de pedra.

Ass: Maicon

meu ídalo da infança

Meu ídalo é o meu melhor amigo.
Ele deixa a franja crescer até o queixo
e faz charme pras gatinha jogano a franja de lado.
Anda de skate, pixa muro
e me ensinou a cantar Bichos Escrotos e Faroeste Caboclo na rua,
antes mesmo deu escutar no rádio Sharp do meu pai.
Deixei a franja crescer e meu cabelo ficou ingual um cagumelo,
parecia o Zacarias. Fui jogar a franja de lado
e dei com a cara no muro. Fui pixar e fui pego.
Caí do skate e quebrei um dente da frente.
Meu ídalo é a perfeição.

Ass: Maicon

fumando escondido

Hollywood o sucesso
Venha para onde está o sabor
Venha para o mundo de Malboro
Fri questão de bom senso
Fumando escondido e lavando a boca
E fazendo gargarejo na pia do banheiro
E escovando os dentes com o dedo
E — vâmo fumá ôto?! — vâmo!!!
Kolinos dentes brancos álito puro
Baruio de Fusca no quintal
Sorriso Colgate

Ass: Maicon

te pego na saída

Te pego lá fora
Te pego na saída
Vem pu pau
Quem é homi cospe aqui
Dá o começo
Seu comédia
Te cato de quebrada
Te trombo na esquina
Pixo seu nome no chão
E mijo em cima

Ass: Maicon

minhas férias

Meus primo, meus amigo
e até meus inimigo
foro no zológico, no parque florestal,
no parque de diversão, no cinema,
na praia, no interior,
na Cidade das Criança, no Playcenter
e até na Disneyou.
Mas nas minhas férias
eu brinquei pra caramba
sozinho no quintal de casa mesmo.

Ass: Maicon

■ primeira edição
■ junho de 2022